总有
星辰可以对话

WHENEVER YOU
CAN SPEAK
TO STARS

嘉励 著

南方出版传媒
花城出版社
中国·广州

图书在版编目（CIP）数据

总有星辰可以对话 / 嘉励著. -- 广州：花城出版社，2019.1
ISBN 978-7-5360-8817-7

Ⅰ．①总… Ⅱ．①嘉… Ⅲ．①诗集－中国－当代 Ⅳ．①I227

中国版本图书馆CIP数据核字(2018)第295851号

出 版 人：詹秀敏
策划编辑：林宋瑜
责任编辑：林　菁　揭莉琳
技术编辑：凌春梅
内文插图：王野夫
装帧设计：礼孩书衣坊

书　　名	总有星辰可以对话
	ZONGYOU XINGCHEN KEYI DUIHUA
出版发行	花城出版社
	（广州市环市东路水荫路11号）
经　　销	全国新华书店
印　　刷	中华商务联合印刷（广东）有限公司
	（深圳市龙岗区平湖街道春湖工业区中华商务印刷大厦）
开　　本	880毫米×1230毫米　32开
印　　张	4.875　2插页
字　　数	75,000字
版　　次	2019年1月第1版　2019年1月第1次印刷
定　　价	42.00元

如发现印装质量问题，请直接与印刷厂联系调换。
购书热线：020-37604658　37602954
花城出版社网站：http://www.fcph.com.cn

将美意添到心灵的星空

黄礼孩

"偏厅有新插的白色山茶",我以为这是嘉励的诗歌底色和调子。一个有丰沛精神气息的诗人,她的所见、所想、所感在不经意之间披露,透露她的性情、待物之道和看待世界的眼光。随着嘉励对诗歌经验越来越到位,她的诗歌痕迹就清澈起来,灵魂的线条像闪电落到日常的日子里,获得瞬间的照亮。

> 请与心仪之物保持距离
> 美就是被称作惊奇的东西
> 但有时候荒诞也是

嘉励对事物观察、理解之后,诗歌就抵达了使那些尚未说出口的东西呈现出来。诗歌与诗人私我的意识之间保持某种内在的距离,这种距离之间的陌生化正是诗歌所需要的，它也许带来荒诞的结果。

"有晓畅的文字可以作陪……内心突然找到了更多的连接"，这是嘉励对生活的认知，也是她对写作的理解。晓畅的文字充沛着热情、爱慕、忧伤和美，甚至是深度的思索。

彻朗的天空吸摄了言语的能力
故国愈远　微风中挺拔而轻颤的百子莲
才能迫使你重获颓萎的东方意象

百子莲作为一个微小的东方意象，它传递着传统美学隐藏的微光。《在亚特兰大》，看起来是写国外的内容，内核包裹的是东方的神色。"万有皆传统，万有存我用"，传统有多元的精神世界，但必须是与当下有对接，才是活的，也就是把过去的当下、现在的当下、未来的当下统一到笔下来，所有的书写由这一刻的时间所创造。嘉励在习艺的过程中不断进入传统，那里有她感兴趣的回溯与怀旧、眺望与逃脱。画画时，嘉励的羽毛笔力求线条有情感，进入改变空间，找到灵性的召唤，委婉之情就跃然而出。如今不少女诗人也画画，但没有多少人能摆脱传统的面相，在艺术性里是找到作为认识的诗性直觉。忽视精神固有的丰饶，在笔墨关系上很难找到时间与空间的对应点,个人经验的寻找就会受到阻挠。必须经由传统文化的洗练,在日常之物上进入观者的心灵,自身所依照的维度才可信,要不,那些来路不明的作品多少是可疑的。

没有诗性经验,诗歌的写作始终是粗糙的,经由心灵沐浴的精神才会带来宁静的神秘的从容与愉悦。古典美学自身是愉悦的,我从嘉励写京都的诗歌觉察到一丝放松与快感。

> 伽蓝之内,花果蔚茂,
> 芳草蔓合,嘉木被庭。
> (《抵达:南禅寺》)

一份宁寂、灿然的古意弥漫出来,有一些自性自见的思悟。而在《高台寺》,她又过渡到新的意象:

> 一阵阴翳的风吹起
> 我再次凝视松针深处

再到《京都大学》,看见黑色的火焰燃烧出绿色的自我意识,她就松弛下来。

> 夜色里,三个人

星子一样闪过空寂的街

房子低矮古老

门口突兀地生出一株松树

幽幽的绿意……

自然而然产生的诗歌不是反应,而是对自己内心的回应,诗性就与诗意自身合在一起,如嘉励所说的"如果没有这样的幻觉/世界将更寒冷",生活也许就是一场巨大的幻觉,让我们保有对梦境的追寻。

日本是东方美学的存在,是东方美学的中心,作为一种高超的审美,它自然是值得侧目的。身为诗人,无论处于哪个国度,都应该敞开身心接受东方文明的滋润,自觉参与到精神美学观念的改变过程中来。嘉励一再写到日本,她从日本的物象里获得古典与当代的兼容性。她说渡月桥、等持院、宝泉院、藤花吟馆等等场所,疏朗、明净的语言浸润着仪式感,隐藏着灵魂之光的地方摆脱了事物的束缚,获得了某种欣然和婉转。婉转,实质是京都内在的节奏,而欣然是它的灵魂。站到时间之初,带着灰暗的想象,奔向岁月之末,她因而看见更多,心生敬意之时,很多念想就从心灵的故乡幻想出来:

而今我再访祇园

>　暮色来临时敲你的门禁
>
>　"今夜又要落雪……"
>
>　"那何不将它新添在你的册页……"

　　她写的是京都的《祇园》,带着一种可敬的虔诚,如同此时,但意象却暗合着中国的古诗,仿佛长时间沉默的故国在声音里延伸,没有受阻而是挣脱了桎梏走向新的心境。园林是嘉励的一个梦境,一个回访过往岁月的蓝色山丘。在《宝泉院的秘密》中,她心意如迷梦,"你就像这个园子/'是不知什么季节造访才好的地方'",诗人纪念一段秘密的感情,终有一些事与人总是擦肩而过,留下一些内心的感喟。我想,无论漫步于记忆中的古典中国,或者经典般的京都,诗人的写作唯有跨越那些令人眩晕的虚空,才能获得内心的真诚。

　　《而今我喜欢》这首诗歌中,嘉励用简约的笔法,以流畅、雅致、诚恳的文字找到过去与当下的某个瞬间,找到迷离的情感。

>　早晨,再次走向维多利亚大街
>
>　城市散发丰收的光线
>
>　我将再次从游荡中完成认识

维多利亚街的晨光让诗人的内心柔和、晴朗,诗人希望去爱,去遐想,去回忆,想起上一次在这条街上发生的一切,一个个画面升腾起来,流动起来。"与上一次的差异",是"去年八月,细雨不时造访",爱慕之情让"我垂涎街外悬挂的艳色花朵"。八月,夏日在街上如此荡漾,诗人痴想、钦羡的是街外的景致,是那雨中艳丽的花朵。"花朵"是一个隐喻,它可以是场景,是梦境,是生命,也许是爱欲、欢场、美色,或者诗人内心某种幻想的事物。这一瞬间的景观就是诗人的精神世界。在这个光线明媚的早晨,诗人怀着回忆,返回之前的街道风景,又跃出之前的情境,带着喜悦从维多利亚大街回来,她爱上了这个时间与空间,爱上自己回来的时刻,一个异乎寻常的时刻。"而今"是一个时间的分割点,表明诗人现有的热情,带来后面的动作和转换。因为诗人知道"偏厅有新插的白色山茶"等着她。这首诗有阿多尼斯的"我对水仙怀有好感,但我的爱属于另一种花"的妙处。诗人钟情街外艳丽的花瓣,但她更倾心素雅的白色山茶花,它抵得上一切娇艳的事物。虽然场景已经转换,但诗人不因此而失落,因为诗人置身于新的一天,她的心是含苞欲放的,生命洋溢着愉悦。嘉励对山茶花保有无限的遐想:

山茶,一朵焰红

兀得脆生生，跌离花托

想必春天已经完结

而我们衷爱的事物，仍未止尽

初冬的暮色

看到紫色的山茶花

竟然流泪了

山茶之心是生命之爱，无论相会和离别都在她记忆的生命里随风起舞。

诗歌与个人的生活有关，但又不尽然。嘉励少年及青年时代在杭州度过，杭州作为一种诗歌精神地理影响过她。

……阳光的碎片已从湖上收回

一只鹈鹕在水面嬉戏

就那样生活吧

让另一只总在岸上

就那样爱吧

像群山爱这湖面的一切

低低围坐　却不言说

（《湖上》）

嘉励的西湖，夜间吹动萝蔓的微风，它自有诗人内心的珍重与回旋，柔和又沉静。

初秋的夜晚
从断桥开始吧
我们绕湖漫行
由赤子之心和它沐浴的灵光引领

西湖之夜的另一个声回荡在湖面，但"我只倾听缄默如湖水/不做任何轻轻之响"。嘉励忆杭州，不是乡愁，也不是什么痛楚，她找到移情的力量，写出了西湖之滨引发的内心隐秘生活，它是另外的思念。嘉励写爱，有时写得很隐秘，有时又写得大胆，"那一年/我发现全世界爱上了我/除了你"，爱如此强烈，每一个物象都体现了爱情的仪式。

后来，嘉励定居岭南，所幸她没有漂泊在别处的感慨。南方之南的水土又滋养了她，她的诗歌的气质里具有江南的声调，也有岭南的夜曲微茫。"风……带着时光的味道……吹过你的脸庞……这是一片海边的扶桑花"，存在的光亮，是她内心暗自期许的样子。诗歌的书写对于一个内心奔涌不息的诗人来说，每一次的转折都是一次提升。一种诗歌逝去，一种诗歌到来。嘉励不断调整自己的写作姿态，她的诗歌天性在后天得到自我的教育，就像诗人宋琳说的"每一个人身上都携带着诗性的文化的基因，唯一需要去做的是尽早发现它"。发现诗歌，也就是给灵魂提供了"空间站"。嘉励说："灵魂到了今时今日，注重质感和层次"。灵魂的质感与层次，这是一个高超的话题。嘉励还多次提到灵魂，"一切已组成我们新的灵魂"，对万物敬畏，并融入其中，诗人享受着诗歌带来的心灵之约，如果在灵魂的转向之时体验到"失重""放纵""落空"，灵魂才真正美如斯。

写作有时候是失去自己，有时候又是获得自己。比如，她写《乔治亚·欧姬芙》，仿佛让隐者走出自己的影子：

> 付诸纸面　日益勇猛无惧
> 直至隶属美术史的真
> ……只有偶尔停滞的画笔
> 在星空下的某个夜晚
> 会稍微孤独地　回望爱情

诗人在笔墨之间付之想象、狂热和勇气，也留住了孤独的记忆，生命最后回望的是爱！

很多人的写作是从自己的生活经历出发，但诗人却要用自己的方式去吐露秘密，转向冥想的生命，衍生出长久的毅力。

学会像诗人与圣徒一样

从邪恶中发现美德

嘉励借马蒂斯的眼来看颜色,看社会的色调和自然的色调,期待自己像马蒂斯一样,"一生剪裁灵感",那应是"气旺神全的生命"。有灵感的创作往往出现不可预测的效果,会产生某种神力。无论瞩目欧姬芙还是用情于马蒂斯,嘉励都是感官意象按照心灵吸引律升华的情感。她的诗歌也就成为她的心灵发出的语言。

自然是一种超越,这需要稍加想象,活跃的瞬间,改变了诗人的呈现。对自然文化的回望让嘉励心境满是静寂的时光:

> 看簕杜鹃,天竺葵与菖蒲美妙结合
> 攀附,蔓延,终又沉浸于海滩的温润
> 在宽檐草帽下,光阴隐匿
> 啜饮它秘制的甘露
> 日常的乏味瞬间遁远……
>
> (《海滩或盖蒂别庄》)

当然,嘉励也不是意味沉溺于过往的意象里,她诗歌的张力总是在古典与现代结合之处散发出来,像一簇迎着艳阳而生的花。在《乔治亚·欧姬芙》的第二节，她叙述：

> 在白色带霜山艾树点缀的群山
> 与黑色神秘河流经过的新墨西哥州
> 忧伤变得炙热　你真切俯吻
> 在残缺的动物头骨
> 一遍遍嗅到低处的福祉

高出的群山，低处的黑河，天气中的炙热都是忧伤的，这是因为生活在尘埃之中，人活成了骨头。这一段诗既写出了欧姬芙所生活的新墨西哥州，也写出欧姬芙对生命的姿态，她把生命和热情倾注进她所关注的对象里。

"动"的文化让西方文明有别于中华文明"静"的状态，西方文明多为发现、创造、追求、扩张，而中华文明的存诚、调和、修身养性让东西方文化产生了差异，正是差异性让人类文化丰富起来。嘉励在《在亚特兰大》《乔治亚·欧姬芙》《海滩或盖蒂别庄》等诗歌中，把西方与东方的特点放在一起书写，既敞开也隐藏，自愿和协商的精神显示了她的思考和对这些题材的驾驭。"冥灭无处不在，唯有变化才是永恒"，禅意是嘉励诗歌里恍惚的影子，有着难以把握的飘拂。由禅入话，以禅入诗是六朝时候的文人创作，到唐宋达顶峰。我们知道禅不可说，它过于虚无缥缈,但用在诗歌里,却又能擦亮头顶的一小片天空。"惠泽吾生是山川",嘉励明了西方哲学、宗教教义在于体验,而东方的禅意专注生命的参悟,但在诗歌那里又致力于感受,在直接里接受创造感觉的星云。离开禅去理解日本文化,就缺少一个维度。同样,如果从禅意去看嘉励的诗,似乎能从一个隐蔽的听筒聆听到她隐逸的声音。诗歌寻求的变化,就像一面镜子看进另一面镜子里,交换了彼此的光,就像诗人在自己之外寻找自己。

一首优美的抒情诗,它是想象力的伸张,仿佛音乐能转化成纸上流淌的语言。嘉励的《有一种力量来自于你》就是一首荡开精神语境的芬芳之诗。

怎样才能让云朵躲回云层
花瓣都在晨曦里开了
你的手仍停留在我的身体上
像流水没有离开大地

怎样才能让事物退回
它被时间割裂前的样子
初始的光,它的新奇
说出了一切,却不为人所洞知
一根废弃的横木

挡住了眼睛分辨出岔路

　　怎样让一块冰回到流水的活力
　　你为我打开时光的锦囊
　　倾出愤怒与羞耻，还有绵延的宽容
　　此时，我看见白色鸟划过
　　房间在向着花园敞开
　　　　（《有一种力量来自于你》）

　　她把云朵、花瓣、晨曦、流水、风、白色鸟、果实等事物与身体的五官感受链接起来，诗性不断折叠又瞬间打开，修辞的灵活性如风与光的绵延，在众多线条编织阴翳的地方，光的回声混响着，伴随时光的节奏起舞，偶然的持续把所有的感知、记忆、存在和期许变得丰盈多姿。诗歌是语言自身的空间，活跃的元素却变成不断拓展的光速。在这首诗歌里，我们感受到诗人嘉励对自我、对他者显示出了命运创造力的寻找和真诚理解。每一个生命都有变异的痕迹和误读的时候，都有纠结和迷途，这首诗歌仿佛是羔羊找到青草地，生命回到爱里去，给人消除障碍之感，带来柔美、谦卑、敞亮的灵魂喜悦。在诗歌里，"你为我打开时光的锦囊"，往日的情怀在重现，仿佛海浪找回涌动之美，火种获得燃烧之情。

这是一首唤起之诗，先是沉入回忆，再次想起，唤起生命里的存在之光。谈话是这首诗歌的交流模式，它所呈现的交谈对象由此有了生动的预期话语。人不能独自生活在这个世界，一种生命的链接，一种和解与宽容，让诗人在日常生活的身后发现一个更为广阔的场景——"它是光在重临"的世界，光在驱除内心的幽暗，获得生命新的开放。这也是一首倾诉之诗，聆听之诗，诗人异常真诚地对着天空与大地，对着"你"，释放出全新的诉说。诗人用精神化的个体来倾诉，"你"是你，是如影随形的爱者，甚至可以是诗人自己本身，更是神秘的所在或者一切美好的化身。

深情款款的嘉励，一层层推动着诗的情感，又交织在过去与未来之间，而在往返之时，其内在性的深度得到进一步的加强。这是一首带来整个明朗心境的诗歌，有光的影子在里面摇曳，光蕴含在诗人自己的身上，那是一种由来已久的欣喜之情。所有这些都是活在尘世之上的一种方式，是祈祷的方式，也是爱的方式。由此降临的光，昭示灵魂在发生变化，全诗也因此让我们感受到光在发生的奇妙效应。

作为诗集的《总有星辰可以对话》，嘉励没有在技艺的层面上下功夫，她只是让诗歌自然生长，一首首诗歌，构成了记忆之树的枝叶，伸展着敏锐的触角。从生活的身上苏醒过来就是诗歌。嘉励对话生活，也对话虚无，在看见与看不见之间做诗性的往返。她若有所思,从生命经历的瞬间里找到回望的视角,安抚自己在尘世的日子。一个诗人存在的意义应该是她的语言改变了人们观看事物的方式。一个值得称道的诗人都有自己的观看之道。嘉励的观看之镜有戏剧性、天真性,也有某种抽象的诱惑性。诗歌作为一种自我呈现,潜在的力量是品质与风度的契合,循序渐进的嘉励具有强大的爱自然的能力,她的文辞雅致,含蓄而巧妙的用词糅进了沉静中的光亮,倾出记忆、秘密和未知。

> 豪壮的诗句如星子
> 灯塔静默
> 天际有风与诸神的回响
> 　　(《海鸟》)

嘉励是一位豪气的诗人,在山海涌起的地方,她能连接上广袤无垠诗歌星空中的某个星座。她眷念岁月,流连自然,写作也有豪情万丈的一面:

> 整个岛屿呈现蓝色:喝了一点酒的我,微红
> 山峦的轮廓幻化水墨的氤氲

万物在此，而时光已逝。对于写作来说，时光是一个存在或者不存在的星球。"愿万物与你互相忘怀"，嘉励感慨，"中年与暮色一道来临"，似乎有"流尽光芒"的惆怅。无论岁月如何苍茫，夜空总有最大密度的蓝色，诗人在写作时打开了时光的锦囊，在那里，她找到一种慰藉与内在的平和。嘉励致意万事万物，致意星星，她重新获得一个奇妙的世界，内心开始闪耀，那是她一个人的王国与乐园，是内心深处保守的静谧激情。

2018.12 广州

目录

抵达 Reach

抵达：南禅寺·5

高台寺·6

京都大学·8

祇园·10

宝泉院的秘密·11

渡月桥·12

从等持院返回·13

青莲院，一株山茶·14

京都的短章·15

京都两首·20

藤花吟馆·22

夜访，白云寺·23

召唤 The Call

召唤 · 29

而你看到了什么？· 30

今日更应有无所畏惧的恬淡 · 32

有时候我们是虚弱的 · 33

灵泊 · 34

哪怕它们徒有荒谬的庄重与自持 · 35

与你分离的事物日益增多 · 36

有一种力量来自于你 · 38

隐匿的心事 · 40

星星的诱惑 · 41

明天到来之前 · 42

观点 · 43

陷我于水中 · 44

未竟之事也带来成长 · 45

飞翔或许是更美的世界 · 47

即景 Glimpses

故人 · 53

千利休，观看 · 54

即景 · 56

香岚溪 · 58

山居 · 60

茶事 · 62

湖上 · 64

雨 · 66

初夏 · 67

南国的风 · 68

月亮，你 · 69

梦 · 71

草地上 · 82

酒的形而上 · 83

翻阅马蒂斯画册 · 84

三月 · 85

三月（其二）· 86

迹象 · 87

转换法 · 88

燕子来筑新巢 · 89

除了你 Except you

除了你·95

夜话·96

夜曲微茫·97

致友人V·99

愿暮晚的流云加持你·100

逻辑·102

败笔·103

两个房间或自我·104

甜蜜的壳·105

情书·106

让我看见·108

致星星·109

但是，你的眼神·111

布兰城堡 Bran castle

乔治亚·欧姬芙·117

海滩或盖蒂别庄·119

在亚特兰大·121

布兰城堡·124

在康斯坦察海滩·125

而今我喜欢……·126

海鸟·127

今次的海德公园·128

提洛岛·129

抵达

Reach

抵达：南禅寺

待我们抵达东山之麓
荒芜的夜色
已覆盖了一切
看不见——

"伽蓝之内，花果蔚茂，
芳草蔓合，嘉木被庭。"

随山势缓慢倾斜而上
桥梁状的水路，蓦然横亘
山风扑面，峻冷，无声
时间静止……
唯有内心莫名的事物暗暗涌动

我们不再谈论，诗的秩序，
艺术梦想；也不再谈论乡愁
智慧之人曾对此秘而不宣
仿佛它们是黑暗中，参天巨树的根系

高合寺

无声　山谷黛色

树林幽黄　魔幻地

云朵压向檐角

石阶隐于低矮的墓园

这将是一个无忧无虑的下午？

令人安宁的神秘

被木屐咯吱咯吱打扰

乡音恬燥而熟悉　笑浪层层

飘过华美的裙角

鸦声也和着

天光如兵器般朗冽

划破飞影虚晃的庭院

我那颗刚刚被清酒浸润过的心啊
能否在青草山石边的涓涓细流中洗涤，
　　复畅饮？

一阵阴翳的风吹起
我再次凝视松针深处
"夫人，
这里正是下山的捷径……"

京都大学

鸭川缓缓
一轮圆月巨大

夜色里,三个人
星子一样闪过空寂的街
房子低矮古老
门口突兀地生出一株松树
幽幽的绿意……

仿佛异乡人透着的呼吸
樱花或疏或密
在桥头低枝轻垂
春天时河水该是粉色的吧

她这样说着

让我想起一个河鬼的故事

三两只鹤此时鸣叫起来

清脆而笃定

大家遂沉默下来

你说再拐一个弯

就是京都大学了

祇园

"有些事物在你多次抵达后臻于极致
比如天满宫的梅花兀得婀娜多姿"

辉映群山中或隐或没的闪闪金阁
鸭川流水潺潺,它们不再逝去

涤荡晨钟里飞越的鸦声
昨夜,一场心之交战

而今我再访祇园
暮色来临时敲你的门禁

"今夜又要落雪……"
"那何不将它新添在你的册页……"

宝泉院的秘密

那个每晚生起,火漆封印

十万加急的妄念

飞不过棘刺森森的一夜

总是在黎明时分逆风折返

或消失于阵阵轻妙的晨霭

若是秋天,则搁浅于

桔梗与彼岸花的迷香

你就像这个园子

　"是不知什么季节造访才好的地方"

我只匆匆而过

抓不住一个晴朗的午后

还是微雨的初春

渡月桥

川边　凛冬将至
潮湿的风凝滞了　所有空虚
云朵消散　又突然密集
遮盖天空的余温
裸露的石砾　时光停驻其上
流水泛起银光
欢乐闪烁，却已逝去

秘密
在两人对视的刹那　几乎泄露

这又何妨
为显示更深遂的智慧
我们随即皈依了此刻的孤独

从等持院返回

……即将涌起热烈的词语
在灌木丛的露水莹莹
以及燃烧的心字池

……"回去吧",摘一枝腊梅
夜晚已在等待
花香与茶气终会遁于黑暗

白雪将纷纷落入我们的梦中
在此之前,仍然于盆景边枯坐
模仿它的姿势,委婉又倔强

青莲院,一株山茶

山茶,一朵焰红
兀得脆生生　跌离花托
想必春天已经完结
而我们衷爱的事物　仍未止尽
仿佛三月之雨
执着地　落下去
落　下　去
直至它认为足够

京都的短章

1. 紫色的山茶花

初冬的暮晚
看到紫色的山茶花
竟然流泪了

景致最美处
尤其觉得
少了你

2. 乌鸦与柿子

从医院回酒店

穿过桥通

乌鸦叫得厉害

刚下过雨

路上无人

又大又黄的柿子

3. 一小片的云

坐在车里好好的
一看窗外
就忧郁了

一小片的云
正是
一小片的心事

4. 夜樱

到了川边雨更大了
……不断重来的樱花
犹如一团团不灭的火
贴近幽蓝的河面
此时,你说你在桥上喝酒呢
"像做梦一样
像做梦一样……"

5. 白菊花

一场雨

弄脏了

笆篱上的白菊花

6. 枯黄的那片

枫叶火红

偏偏捡了枯黄的那片

7. 秋天的湖水

秋天的湖水

泛出雪白的粼光

水凉哟

玄色的大鲤鱼

冷冷地游开去

京都两首

其一 暗之传说

"暗当然不是指颜色
是指你对它一无所知"

在这古都的小巷
我们不过是羽毛纷纷

"商榷与忧思
不能称度身体或灵魂"

唯愿它们奔逸绝尘
而事实上,隽语只刻在乌有之所

"——一颗正在远离的恒星
失却了月光的照耀"今夜

戴上墨镜或一次激吻
也无法停止爱的后退

"唯愿进入黑暗本身"记录
那简明而浓郁的瞬间

其二　乌鸦式界限

巨大而孤单，乌鸦

浮于远山的近处

夕阳就要来临　晕染它

漫不经心的停顿

"一生中必要的片刻"

在枯枝末梢　恍如我躯体的一小部分

繁荫悄然落尽

沉默即将成为异色的语言……

返身禁欲色的榻榻米　裁纸　研墨

用冷飕飕的铁壶沏茶

"确认往后人生的形式"

而它终于忍不住低鸣

划破了时间……

藤花吟馆

……黄昏涢散了
透着光斑的圆形镜片
山峦起伏处　一片寥廓

晚风怀旧　问候细雨霏微的坊巷后
便有玎琮之水滴檐而下
时日泛黄　流尽毓毓芳华

而脑海中清晰的白日之梦
一经激起　涟漪引人沉迷
仿佛藤花飘落枯枝老树

目光穿越亲密的紫色光线
望向寄生于马鞍墙头的
疏朗幼草　望向白云深处

夜访,白云寺

探访比目的更重要?

雾已消散　剩下

光洁的月亮　我们手心冰凉

"拈灯笼到佛殿去?"

穿过风　湿漉漉

殿外有犹豫的波斯雏菊

青松模糊　一株野栗子

闪着它茸茸果实　竹林沙沙

还有那些要一同返身而来的

隶属城市、伦理或爱情的声响

被无比沉着地在夜色中点燃

一条内在的河流

从身体的河床显露

刹那间　恩典的孤独

淹没了我们最初的惊慌

召喚

The Call

召唤

怯懦地,我睡去了
词语藏身于暗处
它是另一种花朵
和我,保持孤独

有愧于安逸
阴影中,淹留着娇羞
它几乎脱口而出
某句哲理

在紧实的生命里
我们,等待轻盈之物事
它们将在某一时刻来到
引领,我们上升

而你看到了什么？

……门外　山深水寒　日落向远方海岸
一茎黄花摇曳峭峻孤风

你寻求当下悟入的契机——

石碛上似有蠛蠓小虫子孑而行
一双斑斓菜蝶　回旋于茸茸青草
忽而纵身跃起
飞往亭亭松柏　在它们的树梢

正轻悄震落松针与果实
撒向　枯枝朽叶的大地心怀
……万物法身尽现
"而你看到了什么？"

追随妄情之见抑或收敛凌厉机锋
时间的旋涡中
若乾坤窄
则日月星辰随之黯淡
若平怀而泯然自尽
则收获通向智慧之跳板

"而你看到了什么?"
鹞子飞过石门……

你与提着鞋子的达摩擦肩而过

今日　和童年的某日多么相似
隔着窗棂　对望青山

溪流倒映枫叶的火红
祖母说　许有凤凰与白虎

而我许自己更诞妄的念想
漫长的午后滞于瞬间

不需要沉下心来
一如此刻的幽远

林中高树　倒映在天青的笔洗
今日　更应有无所畏惧的恬淡

当腊梅在地板上铺列暗淡的影子
我们也急于返回自身
此刻宜收敛　远离高难的人事
喝茶　勿惦念烈酒
不追究话头　忘却英雄一路错误
美人又何尝不是　耽荒于情尘
翠郁的藤蔓且在气旺神全时伸展
亲近世间　求时代的真正见解
需要专注和疯狂
而有时候我们是虚弱的
想在撮来抛去的时光中憩止

灵泊

陌生水边　灵泊
吊桥连接南方　夏末孱弱
随空气上升的意念
逐风而行还是

轻俏而抹过脸颊　我们
置身于"懂得与未懂"之中
依然谈论事物　或事物的虚无
"什么是将人抛向荒岸的洪流"

生命成为辽阔背景　是否
有一株欢喜之树暗夜鸣响
一涓细泉　盈溢于虔敬掌心
抚慰我们日趋干涸的花瓣

不必何其自在地　佩戴慰人的面具
而应痛饮　反复自问的命题
点亮闪烁不定的星辰
反复而靠近答案

那时　花园已从他们的身边隐退
夜风倏忽而过　收回露水尖隐匿的欲望

纷乱中　匆忙相遇的两人
无从分辨各自内心的花朵

它们正插入词语之瓶
继续在等待中　流尽光芒

如果一切即将覆灭　如果
无法证实的召唤　必须消失于黑暗

请至少保留两片沉默的花瓣
哪怕它们徒有荒谬的庄重与自持

与你分离的事物日益增多

不确定的尺度　无法平衡的称量
使你置身更深的无从定论
犹豫或是慎怒于屈从
何人归还　我们嵌满珠玉的纯粹

那些光芒的时刻曾如
溪流泉水般澄澈
何处剩下　任人指望的天空
仍可期待的花园

中年与暮色一道来临

总有星辰可以对话

萤火虫　未被旧年的雨雪霜冻

今夏它又将你闪亮指引

你伫立　在时间的分水岭

久久注视眼前的世界

事物无数——

渐渐呈现它初始的模样

有一种力量来自于你

怎样才能让云朵躲回云层
花瓣都在晨曦里开了
你的手仍停留在我的身体上
像流水没有离开大地

怎样才能让事物退回
它被时间割裂前的样子
初始的光,它的新奇
说出了一切,却不为人所洞知
一根废弃的横木
挡住了眼睛分辨出岔路

怎样让一块冰回到流水的活力
你为我打开时光的锦囊
倾出愤怒与羞耻,还有绵延的宽容
此时,我看见白色鸟划过
房间在向着花园敞开

与自己讲和,与神和解
我感到初始的光重来一遍
我看见树上跳跃的鸟变成了果实
一只从未出现的手,它托起我
它不是风的印记,它是光的重临
仍有一种温柔的力量来自于你

隐匿的心事

麦冬花蕊散落在草丛　浅紫色
你欢喜这视野里的零星忧郁
南天竺果实逐渐深红
你也钟情叶片上虫洞的斑驳
灵魂到了今时今日　注重质感和层次
因而你能从最轻微的语气判断某人的思维路径
并保持奇妙的不确定性
你也权当完全明了　秋虫藏匿的心事
倘若此时它鸣叫或刹时噤声

往想象的酒里倒入天才的成分

食蜂鸟脱落它的蜂刺　灵感随之而来

无数个可能　从松弛的世界暴露

你看看，你那副星星般诱惑的样子

我曾因此加深了自我否定

现在，煎熬的时刻慢慢流逝

假装臣服于"顺其自然"的道法是有益的

"做个内啡肽分泌过剩的富有圣人

向你散播完美的祝福吧"

星星的诱惑

明天到来之前

一艘欢乐的小型游轮驶过

晨曦正为歌剧院镶嵌锯齿形金边

坐在这里　你庆幸二十年前还是个孩子

在窗边凝视这个世界　不懂得惧怕与悲伤

而现在你想起大海里沉没的往事

你持续与黑暗做过的交谈

在每个陌生与明天到来之前

曾祈祷　愿万物与你互相忘怀

而你能一心奔赴某点极致

观点

找到那个"赢来的词语"
否则没有回响　如果你的呼唤指向虚无

超越时间　直至无尽
否则没有存在的世界

或者　至少在途中
不断整理　变成自己的花瓣
任意　开放与凋零

陷我于水中

也好,将我陷于水中
用瓶身隔开尘世众苦

我可能经冬而苍翠,保持一派丽象金容
可能做了缥缈敏感的那枝,也好

当刀剪落向浅褐的枝丫
未够成熟的生命不再纠结意涵之找寻

富贵多惊险,重复削弱美
追求唯一形式自当毁灭衰败的粉本

虽然最终都寂寂隐落
在尘世的任何一段

未竟之事也带来成长

很晚入睡或醒得太早
也不能停止钟摆之鸣唱

不能削弱软弱的部分
哪怕来自身体

不能超越"米沃什"
或任何一个古老灵魂

你想摆脱末世情怀
放弃无休无止的自我建议

有时碰撞而轰然倒塌的两种价值观
有了重新融合的可能

你想重获创造力?的确

从未有一刻是告别

未竟之事也带来成长

整个岛屿呈现蓝色

喝了一点酒的我,微红

山峦的轮廓幻化水墨的氤氲

雾气消散,传递过来

从我们的脸上,到待泊的船只

到脚踝边一株白色野花

而我怀疑,还能描述这样完美的句子多久

世俗之岸在招手

我懂得水上和陆地的哲学又如何

飞翔或许是更美的世界

即景

Glimpses

故人

"惠泽吾生是山川"
于是他行走　不欲止歇

清晨起来化宿夜的墨
渔父　童子
黯淡远山　一支孤帆
夜晚　独自饮酒
逼仄的画室　月光灼灼
燃尽他血液里贲张的精神之歌

最初的梦想使人羞愧
而今，只剩时光流逝
他将再往何方
浮桥流云　皆不作答
谁将再次呼唤他的使命

"新绿来时，河原上
又开满了嫩黄的花丛……"

千利休，观看

……刹那间，室内暗下来
眼中映射着梦境　童年的木槿
缀满宝石的佩刀　放浪狂饮
记忆关联又割裂　一幕幕移离
过去总是．清晰而柔和
有时难免诧异于它的真实

午后　两个人试图扮作茶客
不断地邀请　剧情闪烁
融入此刻的沉默　而共识仅限于此
一花清寂胜于繁花如锦
诀别胜于沐浴永福
之后　更纯粹的陌生又涌起了

两个未苏醒的灵魂

仍徘徊于幽涩梦境

除了铁壶中水沸

仿佛内心各自的声音

强烈如低语

高于其他一切……

即景

覆盖苔藓的石灯笼
微弱之光　照亮一丛松针

整株植物　在冬夜静籁
一如我们妄图　从万物中隐匿

无上孤寂　正影影绰绰
晃动于轮流举起的杯盏

冷雨之后　远处的竹林
绿叶闪着水光　辉映月色与霜草

更浓郁的忧惧

栖息于黑色阴影

随一片叶子轻轻飘落

"冥灭无处不在,唯有变化才是永恒……"

香岚溪

最好在浓郁时靠近
怀抱　澄黄湛碧

而它　用热烈的惊奇吐露
一切拥有或翻阅过的往昔

满树花枝摇曳为春阳
正如微光与战栗化为飞叶

所以　即便时刻晦暗
也有一掬清越的空气
贯穿岩石与泥泞……

溪流织入幽长呵　天空保持高远
芬芳渐逝的道路上
未来仅被应允　仍未攫握

我们只是小鹿或未名的野鱼
走进它　成为它的一部分
寂寞而笃定……

山居

坐在窗前
春天正经过山中
却分明听到　经冬的枯叶
簌簌落下　我们热爱的
总是这样的时刻　神秘又庄严

好像有一次
你曾经
缓慢地向某人靠近
如同那片疑惑的叶子
在自然的召引与存在的诱惑间

颤颤巍巍

无从选择

欲投身于崭新的轮回

抑或在更猛烈的春光中

通体明净地

温柔受难

茶事

……燃烛以熄灭暂时的想望

现在,风势渐小
水减弱呻吟
前尘幻影,照见此刻
婆娑之人,上一世的联结
化为沉默出没于记忆

而今生的美搅动凡心无数
甚至夸大为狂慧的骄慢
于入夜的丛林中,捕风捉影
掠过苔藓,落英,奇石,跳跃至
烛台,灯塔,水窟

这些是你格外的偏好啊

仿佛一切思想在晶结

欢愉,争论,温暖或凛冽的词语

在玻璃栈道外阔叶植物的阴影间穿梭

更有迷离寐眼观照你我

一只倦怠的白狐,轻声细碎

走过某一节生命……一切有情

另一面,玻璃反光处

美人的神色正被老茶冲淡,缓和

凝结成俏皮之笑,终又烟水般流逝了

……桌上又浮起业障的水珠

湖上

石灰白的科斯特月季

从廊上斜伸过来

在春天的尾音上

它想要释放忧郁

于一盏新茶的气候中

我看世间轮回如叶片

甘味去尽　茶苦滞留

你　又从《碧岩录》的第一页翻起

说要像胡兰成那样

只与菩萨　闻风相悦

阳光的碎片已从湖上收回

一只鹈鹕在水面嬉戏

就那样生活罢

让另一只总在岸上

就那样爱罢

像群山爱这湖面的一切

低低围坐　却不言说

雨

陌生而美的东西
我们称之为雨

无数个迂回和拐弯,手中的水
不能掬之于口
就用来晕染岭南的春天

这时,假想的年代出现了
两个蒙童
并坐,临写,诵读
雨落在身上,一遍一遍

初夏

深浅的绿

在风中静止

微微夕阳

照着一丛丛野杜鹃

从大觉山寺

缓缓而下

缆车上有嘤嘤哭泣的女孩

扫了静寂的兴呀

便不再侃侃而谈

只记取一幅嶙峋山石

芬香的雾弥散开去

向着那肃穆的松枝

南国的风

风当然不一样了
它带着时光的味道
我们始终记住
那时候的风
带着更年轻的惆怅
然而你对自然的爱恋
却一点没有改变
当风吹过你的脸庞
你仍然欣喜而感动
想象它从山林田野
或哪里带来的气息
你闭上眼睛
哦
这是一片海边的扶桑花

月亮，你

月亮，世间万物湛寂的生命，你
都是一回事
生而圆满，如同恩赐

亦无从考究
因而我放弃，汲汲追求片面的幸福
亦不从私密处，亲近他们的光泽

当可爱之物事相隔遥远
彼此营养
唯借热爱之活力

——那就努力地热爱

获得想象的芬芳

去彼此映照

俯仰天地

或蓦然回首,幽深暗巷中

便明亮浑然都是

梦

其一　麦田

再次，暮色降临前
到达那块麦田　青山
隐于远处　石碑没入荒草
三百年的牌坊立在那里
这般俊美的少年

许是因缘和合的全部秘密　近处
苍鹰飞过头顶　黛粉的炊烟
欲将挽留　一个谎称经过的路人
她沉默虔心　如荒废古宅
稀薄斜阳里　浑沉地照看

儿孙们汲水淋花　铺纸研墨
而假如一个松风止息的星夜
天地蓦然成全了她漫漶一梦
那少年　踏断流水为她摘取
辛夷一朵　电光火石滴穿他的笑靥

其二　白云

这时　白云瑷䘖自天边涌现
海面沉沉而浪声击中船甲
雀跃的水花　掠过扶舷飞溅

曳地裙角轻浮　一跃而起的意识
竟湿透了我们曾确保的一种
审慎姿态　以维持方向和安全

用尽常识判断　嬉笑他者弱者
肉身何曾搁浅　意外的褶皱
皆有金刚臂力将之烫帖

可是　这时大量的雨从西方逼近
稀落的幻想渐至具体
夕阳返光垂死　降落至隐约的酥胸

按捺不住如钟楼的指针

又越过起点　码头模糊

人群混同岸边白鸥

送行的目光遥不企及　对岸巨轮摩天

将以无法估量的加速度

撼动一个帝国之躯的决心

其三　蝴蝶

蝴蝶乘着银色　一并来临
远方之水将扑灭你
"过多的水花将死去"
云从头顶的窗边流过

汹涌的潮湿　目光
迅疾如猛兽　若稍停留
则一段忧愁裸露
当下该如何计算

多少劫数化作崎岖旅程

或险恶的病痛

羁绊至此　微弱光明

仿佛在神前抽中吉签

隔着火焰窥探彼此　到底是

涓滴雨露或滂沛洪流

而你　竟然以复活的姿态

配合她的羽翼　闪亮而挣扎

其四　流水

那时你又往河边散步　肃穆的风吹起
水痕重叠　不可治愈的隐喻

你调整呼吸　扔出一粒小石
景色的无限性旋即展开

云水衔接　心魔的造次游离跌撞
电话接通忏悔汹涌漫延

漫过城市弯腰的塔尖　整个下午
随荧灰色浓雾　倏尔迷迭又粲然现形

她放下电话　继续清洗一只明式蛋壳杯
轻轻置于元宝形的盏托

尘垢皆随流水　之后
完美将保持于两条时间的河流

其五 彩霞

你们确信照见了彼此　对视中
音乐无声溢出
时间脱壳而去　一匹白马飞行
广阔的乡野正如童年

你们还回忆起一些坚硬的往事
阻碍道路的温柔
两手相握分辨着方向　凿凿而
感知　陷入精致又圆满的凝思

此在是唯一价值

三两阵错落的雨后

彩霞映染前窗　热气逐渐消散

任凭自然的考验

一切曾触手可得如窗外的风

在暮晚的疾驰中

向着山林一瞥

那时它真切拂过你们的脸颊

其六　秋草

接着下了好几场雨
我认识那些水珠　绵密冰凉的
秋草或恹恹的蓬蒿菊

生灵们挥霍着时间
除非灵魂长出另一双眼睛
才被再次引领　天空曾经淡粉带蓝

在隐秘的片刻　允许高度幻想

你即是神的一部分

诱惑甜美　嗜饮者的味蕾

慷慨接纳又迅速抽离

某种联结的虚无

尽管它是那么真实可靠

草地上

流浪男孩正追赶一只垃圾鸟
它张开翅膀,白鹤般洁净的姿势
用以挣脱自身以外的一切
你我皆有的一种状态　光在草地上追踪
明亮的东西束缚你我　在短暂的一刻
他们的影子重叠　而接下来的轨迹无从
　　知晓
近处是港湾
远处有难以描述的巨大城市与云海

酒的本身是快乐　喝下它的人

都有奢望

若判断的事物不偏不倚　坐落周遭的世界

则不妨任性些　继续诚实而笨拙地生活

若软弱则由它停留

宿世的使命必定在绝妙的时刻　暴力般穿透意志

下一个清晨

仍将在探索世界的旺盛求知欲中开启

仍将是玉兰　朝露

和感人的光线　通向热气腾腾的大街

酒的形而上

翻阅马蒂斯画册

豪华、宁静　是下午的"西苔岛"

无幽不照的绘画智慧

正穿透　自闭的幻觉幽居

沉淀于　灰

灰的黑　黑的绿

尝试信任你看到的颜色

学会像诗人与圣徒一样

从邪恶中发现美德

而有些人必须生病、创作

一生剪裁灵感，装饰

或有可能气旺神全的生命

否则容易耽溺沉陷

在隐秘的异国情调中

错认漏泄的春光为经纶

三月

植物让雨天变得冰凉

内心一厢宏愿
暂时褪败　至淡　至浅
于无望的事物上
经历漫长的浪费

这何尝不是美好
疲惫的意志也许开出野花
落在诗篇散佚的三月

雨水将沾湿她的脚踝

渴望升起时

谁是湖面的雾

谁的呼唤如三月之风

回应　穿越

最终于彼此间消隐

而在相融的瞬间

留下一首宽阔的晨曲

与朗朗天光并临之际

跃入旷寂的群山之嶂

跃入微波底处沉郁的蓝

三月（其二）

迹象

别在春天时就频频暗示宿命的安排
塘泥耽于沉睡
柳枝醉心自身的姿影
我们喝茶　饮酒
采摘最美的花束

乌云终将掀去天空下的一切
赠你我翻飞雨絮　满池焦叶残荷
时光的掠夺过了中年犹胜
流连忘返杯盏饮尽
灵魂的光泽渐渐消失无存

上苍的恩惠
乃是季节轮回有序
而我们来到世上
亦可留下闪亮的迹象

转换法

深夜,一支支酒
被尝试转换成松涛白云
我们停驻其上　于某个句子终端期待
即将迸发幽默或讽喻
飞跨未知的时空　降临人群
熟悉或陌生的　在那里
获得慷慨接纳
一个短暂的世界被勾勒　模糊
迥异于兴奋此刻
然而浓重,不可回避的孤独仍在
酬答的间隙　甚至一切之外展开
……
一首新诗的气韵即将呵成
尚未清醒的意识却要如何执行
而不与它的愿望相违背

这一次来临的暮色

和着风,和着水气

光度浑暗,气流蜿蜒激荡

八角、蟾蜍左右逡巡

栀子与素馨泅于树荫

一并来作虐的水草们

……风物尚未成型

衰败却早有定论

而你屡次想为陌生的山林命名

试图见证收获与真相

燕子来筑新巢

在花与叶,山水与建筑的背离中
治愈正在生成主题

当开启再次的行旅,却也收到消息
在你久违的居所,有燕子来筑新巢

除了你

Except you

除了你

四季爱上了我

天晴下雨都爱上了我

蔷薇,腊梅,栀子花全都爱上了我

路上的青虫,蜜蜂和吹过的风一起爱上了我

晚点的巴士爱上了我

咔哧咔哧的火车爱上了我

我读的尼采,徐志摩,村上春树通通爱上了我

房子爱上了我,家具,枕头,窗帘,

连小小的手绢都一样样爱上了我

我写的故事,诗,一个个字深深地爱上了我

那一年

我发现全世界爱上了我

除了你

夜话

初秋的夜晚

从断桥开始吧

我们绕湖漫行

由赤子之心和它沐浴的灵光引领

你欠我甚多

用来填补年轮的故事

例如骄阳如何鞭笞过你

例如白日里你颠沛流离不知前程何方

沉浸于此刻的逆旅

再好不过

夜与我

终将是你的归宿

它用黑暗将你隐藏

我只倾听缄默如湖水

不做任何轻轻之响

夜曲微茫
——致意《牡丹亭》

"我们是谁?"
两个孩子迷失于钟爱的夜晚

明月朗朗　红杏深花
绛纱下　菖蒲露新芽

谁春风满马　苍白而惊惶
将爱欲烈酒　畅饮轻狂

嵯峨闲亭　新诗咏罢
几番梦回莺转　雨迹云踪飘散

一叶凋零花树

谁仍似画中形影暖人年华

绿荫终借暂时行

曲终良辰美景奈何天

妄念嗔痴乱煞年光

虚空魔障悠悠漾漾

……

于寂籁中

两个孩子各自归去

致友人V
——我们在餐厅中央观看立柱中的水母

你忧心的
无非和所有人一样
在命运的海边迷惑　陷入
自我怀疑的虚无

从渺远的童年　慢慢走来
良善与文艺的光晕微弱
像立柱中的水母　闪烁
而不能将你照彻

如痴如兀　你望着
也许我们上一世的命名
陌生　或者美而危险
会使人疗愈吗

但亲爱的
请和它一样　放松灵魂
悠然游过　仿佛
周遭的世界并不存在

愿暮晚的流云加持你

愿暮晚的流云加持你
乘坐深红的芙蓉花去向白色的黎明
识别远方的群星并不时回望
感受之河　在想象的大地奔涌

记忆生发纷纭的枝蔓
与你的宣说　无限靠近
你陷入混淆　混淆清澈与尘嚣
谎言与支票

词语是即将端上的陌生甜品

你渴望品尝　一道魔幻的镜头

将逻辑变焦

将消隐的诗行喷成内心无声的惊叫

而你真正的借口

是黑暗中总有黄金片刻

任你捡选　免费的角色

扮演过去或未来的你和我

如果阳光明媚

那么落一场雨胜

如果饱食蝇营狗苟

那么微醺无所事事胜

如果富士山赏樱花

那么故国明月胜

如果灯下读《被缚的普罗米修斯》

那么普罗米修斯本人胜

如果要我停止思念

那么你胜

逻辑

败笔

给兰草点上花蕊

手腕的节奏性　包含了怎样的习惯与认知

世俗哲学的价值

叫我们学做古希腊天上的飞鸟

地里的野百合

神赐什么便是什么　中国人又说不乱于心

年岁增长　以为多少获得了一些定力

而注视阳光下变化丰富的兰草叶片

与某些情绪的微妙加强

两者又何有相关

时光漏眼之处

偶尔的荒唐自有它趣致的魔法

若说败笔　我不愿承认

其中一种叫"迅速的爱"

两个房间或自我

两个房间,外表都是寂静的,而它们的内部
有时有向外冲突的趋势,有时又绝对内敛
那么,又真有两个自我吗
两道摄受之门,隔着一个世界
在仪轨的门槛,念头纷飞落下
而我关心着,谁率先穿越风浪
抵达富饶而平和的对岸
最好是同时,假设纯粹的情感之河经已连接了它们

……呵我们围着黑暗一遍又一遍

寒冷的水面结满雾气

快要破碎的剪影　那些玉兰花树

随一阵小风　仍然沉默着

时间是无尽的　此刻却有个甜蜜的壳

我们正建造　我们正迷失

罂粟般飘香的存在感　在小径消失处

微微的果实或荆棘触碰着脚踝

闪烁着的疼痛……

如果没有这样的幻觉

世界将更寒冷　我们要不要进入甜蜜的壳呢

甜
蜜
的
壳

情书

我想让风一直吹过去吹过去

由南往北

吹过千重山　万重水

吹到你的脸上去

在你耳边

但是　不说话

我想让雨下了又下下了又下

湿润你的城市再湿润你的心田

但它不说话

我想让月华照着你照着你
无论你扬鞭策马释卷解衣
它不说话

我想　我就这样想着你想着你
不说话

让我看见

你说,要留白
要有想象力,要将自我碾碎成悬崖边的砾石

再绝地逢生选检重组
如此这番才臻精美极致

而我的缘分,只够注视一小片混沌的周遭
做即兴或独特的冥想

因此,需要你
向我抛出惊人的灵光

或成为灵光本身
让我看见,一个平衡而完整的世界

致星星

"若以爱情的伎俩掩盖彼此脆弱
只会见到冰山一角"

若要直抵某处,"神圣家园?"你我
终一尝与哀伤狭路相逢

世界建立于物质之余才靠向诗意
若自诩是诗意的星辰,"什么使我们真正闪耀"

还是终究要屈服于光亮
似蜜蜡与花绣　外力将你我包裹

而时间紧迫 "强化或考验一再延搁"
……至于飘浮在虚无中的杯盏

是否等量于晨雾般的压力

"还有没有一副可以经受的坚强肉身"

这一刻,烈焰熊熊

已逼近我们……

但是，你的眼神

但是　你的眼神呈现出反对

变化之风吹遍　而在我们之间

仅以苏醒却干燥的自尊　"是无法碰杯的"

充盈的空间　曾有牢固的观点

或许需要一剂中药以调和

当感受到来　"我们最终领略上苍的秘意"

此时　星云悬在窗外

闯入了时光的影子

"一切已组成我们新的灵魂"

布兰城堡

Bran castle

乔治亚·欧姬芙

觉醒的行星们相合　在你哪一华年
骤变产生　深刻到尖锐
亟须结束！　生活原本的重点
勿再耽留粗俗灰暗的色彩
更加可爱的光线

在白色带霜山艾树点缀的群山
与黑色神秘河流经过的新墨西哥州
忧伤变得炙热　你真切俯吻
在残缺的动物头骨
一遍遍嗅到低处的福祉

往事一度活跃　最终沉潜

花朵的魂曾沉溺于镜头深渊

而今内在蹲踞的想象

全然向沙漠敞开

化作灵感渐如泉涌

付诸纸面　日益勇猛无惧

直至隶属美术史的真

……只有偶尔停滞的画笔

在星空下的某个夜晚

会稍微孤独地　回望爱情

海滩或盖蒂别庄

……幽长,穿过隧道
我们大概就会忘记城市的干涸与失色
往温泉浴场,或
山顶的博物馆
去填补既在哪里,又找寻别处的一颗心

看簕杜鹃,天竺葵与菖蒲美妙结合
攀附,蔓延,终又沉浸于海滩的温润
在宽檐草帽下,光阴隐匿
啜饮它秘制的甘露
日常的乏味瞬间遁远……

此时适合谛观：古希腊男子头像

神思的表情飞出，与你我碰撞

漫游于金光闪耀的饰物

各色琉璃的瓶盏

一尊庄严俱足的木乃伊棺椁前

亦有前辈的探寻者，努力

寻找也许打败诅咒的魔法

念念相续，亘古不变

而我已快步踏出展览大厅

在方格窗外的欧洲园林

云朵逐渐飙高，我依次

认出了橄榄，石榴与地中海松

在亚特兰大

一

几声清脆的鸣叫
消弭了冷杉或玉兰的末梢
昨夜的鸟儿栖止于此
在蓝色而渐暖的曦光中
恢复持久的静默

紫薇开向天际　随微风散发出热烈
云朵密集　缀满天空
她走向院落中央的小菜畦
摘下辣椒和香草
阳光下滑过猫的影子

美哉　又一个清晨
一切事物未经应允
全部获得了上苍的关照

二

你嫌云朵平淡　热浪无边无际
就会有一阵急雨

麋鹿出现在公路与森林的交界
陌生的目光　与你对视

你想从沉闷的车流逃离
快跑进入小树林

而沼泽挡住了去路
转身时　荆棘刺破你的手臂

际遇每每如此　你当学会水獭般的幽默
满身泥泞着　从沼泽中抬头喘气

但时光更慢　彻朗的天空吸摄了言语的能力

故国愈远　微风中挺拔而轻颤的百子莲

才能迫使你重获颓萎的东方意象

直至夜更黑　你想起仍有晓畅的文字可以作陪

归返的途中

甚至采到了儿时的芦苇

此时　你的内心

突然找到了更多的连接

布兰城堡

下雪时古堡的气质愈发夺人

几百个阴暗角落构成一个男爵的内心

设想他英俊外表和亲密时的高尚

终不足融化　背光的一面

沉腐之气在烈阳下翻倾

好奇驱动的幻思易使人陷入幽窈之境

渴欲常被健康的律历析离

请与心仪之物保持距离

美就是被称作惊奇的东西

但有时候荒诞也是

在康斯坦察海滩

我们忘了,因何而来
要睡还是狂欢,沉醉或渐悟

当世界已是创业者的乐园
人人在浪潮上
将一枚沙砾看作金币

你已不能阻止他们
向未来支取荣耀

无论什么都是新鲜诱饵
如果认为世界充满财富
而除却我们自身?

而今我喜欢……

早晨,再次走向维多利亚大街
城市散发丰收的光线
我将再次从游荡中完成认识
景致或我们　与上一次的差异
去年八月　细雨不时造访
我垂涎街外悬挂的艳色花朵
而今我喜欢返身寓所的一刻
偏厅有新插的白色山茶
层层花瓣包裹了崭新的内心

月光洒向　黑色的大地与海洋

又一年

多少覆没的圆舟　损失的果实

身体再次虚掷

而影子仍然倔强

节日　它回到初始之地

梳洗期望与沮丧的翅膀

酒气消散

豪壮的诗句如星子

灯塔静默

天际有风与诸神的回响

海岛

今次的海德公园

金字塔，这蛇形湖的坟墓
湖水埋葬天鹅的意志
苍白羽翼难以衬托绯红暮色

而它的周遭　尽是更微弱的存在
灌木们的绒球只会在风中
闪烁或坠落　用末世情怀

向当代的法老们致敬？
或是附上一段即兴的行旅
对抗七八月的涣散　两者皆否

瞬间完成的只有猛虎般的新闻，甚至
也不会是我们片刻之欲念妄想

提洛岛

纸莎草,藏红花端庄地印刻于壁画与陶皿
血泪与兵刃却化为透明的空气不绝如缕
亿万年流逝如斯
我们的恐惧徒增,智慧并不增长半寸
从寓言里筛选自我的角色
不过是三千大千凡人的心志与意念
在大海中剧烈颠簸的一刻
带给我们情感共鸣的
要么是快跑着冲向神殿的孩子
要么是优雅蹲坐的圣狮背影
又或者
想象在登岸的小酒馆里吃着小豆炒海鱼
假设是信徒要奉献给神的那一尾